Aussitôt, Lulu-Grenadine se met à tredonner :

«Neige, Neige
Quand il y a de la neige
On ne te voit plus !
Cacao, Cacao
Quand... y'a du soleil
Tu te lèches le dos ! »

Lou explose de rire.

– Elle est trop trognon, ta chanson ! dit-elle.

Loi n° 49-956 du 16 juillet 1949 sur les publications destinées à la jeunesse
ISBN 978-2-09-253639-1
N° d'éditeur : 10179448 - Dépôt légal : avril 2012
Imprimé en France par Pollina - L60326

Lulu-Grenadine
fait du poney

Laurence Gillot - Lucie Durbiano

Nathan

Aujourd'hui,

Lulu-Grenadine et sa grande

copine Lou vont faire

une promenade à poney.

Étienne est le voisin du papa
de Lulu-Grenadine.
– Bonjour, mesdemoiselles ! dit-il aux fillettes.
Je vous présente Cacao et Neige,
mes deux poneys.

Tout à coup, Cacao approche son museau de Lulu-Grenadine. Il cherche à lui croquer la cuisse !

– Aaaaaaaaaah ! hurle Lulu-Grenadine en se réfugiant près de papa.

Étienne demande joyeusement :

– N'aurais-tu pas, par hasard, des bonbons dans la poche de ton pantalon ?

– Si, elle a des caramels à la noisette ! répond Lou.

Lulu-Grenadine a un peu envie de pleurer, mais comme son amie est là, elle fait semblant de rire.

– Cacao est un gros gourmand, explique Étienne.

Lou monte sur Neige.

Et Lulu-Grenadine sur Cacao.

– En route ! dit papa.

La balade commence. Lulu-Grenadine a un peu peur, mais son amie la regarde ! Alors, elle fait la zinzin. Elle chante encore :

« Cacao, Cacao
Quand y'a des bonbons
Tu fais le glouton !
Cacao, Cacao
Quand t'es sous la pluie
Tu… tu fais… »

– Oh, s'écrie-t-elle soudain. Regardez, y'a un cerisier là-bas ! On y va !

Assises sur leur poney, la tête dans le feuillage, les filles cueillent des cerises.

Lou décore ses oreilles.

– Je suis une princesse ! s'exclame-t-elle.

Lulu-Grenadine sourit et fait pareil.

Puis, avec malice, elle met aussi des fruits rouges sur la tête de Cacao et elle chante :

« Cacao, Cacao
Il pleut des cerisettes
Sur tes oreillettes ! »

Et Lou pouffe de rire.

– Maintenant, on y va ! décide Lulu-Grenadine.

Mais Étienne et papa parlent, parlent, parlent.

– Eho ! On s'ennuie, nous ! insiste Lulu-Grenadine.

– Minute, papillon ! dit papa.

– J'ai une idée ! chuchote Lulu-Grenadine à Lou.

Elle casse discrètement une branche de cerisier, et sur une feuille elle colle un de ses caramels à la noisette. Puis, d'un air coquin, elle met le bonbon devant le museau de Cacao.

Cacao fait un pas pour attraper la friandise.

Et comme il n'y arrive pas, il avance encore.

– Ça maaarche ! rigole Lulu-Grenadine.

Mais soudain…

… Tout va vite.
Attiré par le bonbon, Cacao accélère.
– Hey ! crie papa, surpris, car la corde vient de lui filer entre les mains.

Le caramel sous le nez, Cacao trotte sur le chemin et Lulu-Grenadine rit de moins en moins. La vitesse l'effraie.

– Papaaaaa ! crie-t-elle.

Lulu-Grenadine serre fort le corps de Cacao entre ses jambes pour ne pas tomber.

Mais elle glisse !
– Cacao, ohh ! Ohh !
hurle papa en courant derrière.

Lulu-Grenadine panique. Elle lâche la branche de cerisier pour s'agripper à la crinière, et brusquement…

Cacao s'arrête ! Il a réussi à s'emparer du bonbon, le gros malin !

Papa arrive, essoufflé :

– Ça va, jolie mésange ? demande-t-il en aidant sa petite fille à descendre du poney.

Lulu-Grenadine a le cœur qui bat fort. Elle a aussi des gouttes rouges qui coulent sur ses joues.

– Tu saignes ? s'inquiète papa.

– N… non ! bafouille Lulu-Grenadine. C'est de la cerise !

Quand Étienne arrive, avec Lou et Neige, Lulu-Grenadine essaie de sourire.

– Cacao, tu as fait le foufou ! rouspète Étienne.

– Et moi, la fofolle ! dit simplement Lulu-Grenadine.

De retour chez le papa de Lulu-Grenadine, Lou installe une poupée sur le dos de la chienne Louna.

– Qu'est-ce que tu fabriques ? demande Lulu-Grenadine.

– Je joue à toi qui fais du poney ! s'exclame Lou.

– C'est le jeu le plus rigolo de la terre ! répond Lulu-Grenadine. Hue, Louna, au galop !

Retrouve les aventures de

Lulu-Grenadine

dans la même collection

Et bien d'autres titres encore !